幼兒全語文 階梯故事 系列

再玩一會

袁妙霞 著
野人 繪

園丁文化

狐狸媽媽帶小狐狸到朋友家玩耍。
狐狸媽媽說：「我們要回家了。」

小狐狸說：「我可以再玩一會嗎？」
狐狸媽媽搖搖頭，說：「不可以。」

狐狸爸爸跟小狐狸在家中玩耍。
狐狸媽媽説：「我們要睡覺了。」

小狐狸說：「我可以再玩一會嗎？」
狐狸媽媽搖搖頭，說：「不可以。」

一大清早，狐狸爸爸帶領狐狸媽媽
和小狐狸去跑步。

狐狸爸爸說：「我們要回家了。」
狐狸媽媽說：「我可以再坐一會嗎？」

狐狸媽媽累得快要倒下了。狐狸爸爸……點點頭，說：「可以。」

導讀活動

 提問

進行方法：

❶ 讀故事前，請伴讀者把故事先看一遍。
❷ 引導孩子觀察圖畫，透過提問和孩子本身的生活經驗，幫助孩子猜測故事的發展和結局。
❸ 利用重複句式的特點，引導孩子閱讀故事及猜測情節。如有需要，伴讀者可以給予協助。
❹ 最後，請孩子把故事從頭到尾讀一遍。

 封面
1. 圖中的小狐狸在跟誰玩呢？你猜他想停下來嗎？
2. 請把書名讀一遍。

 P2
1. 小狐狸跟媽媽到朋友家玩，他玩得高興嗎？
2. 為什麼朋友家的大門會打開了？你猜媽媽跟小狐狸說什麼？

 P3
1. 你猜小狐狸想回家嗎？如果他不想回家，他會跟媽媽說什麼呢？
2. 媽媽答應小狐狸的要求嗎？媽媽是搖頭還是點頭？她說什麼了？

 P4
1. 小狐狸跟誰玩得這麼高興呢？
2. 從圖中看來，你猜媽媽跟小狐狸說什麼呢？

 P5
1. 你猜小狐狸想睡覺嗎？如果他不想睡覺，他會跟媽媽說什麼呢？
2. 媽媽答應小狐狸的要求嗎？媽媽是搖頭還是點頭？她說什麼了？

 P6
1. 狐狸爸爸帶領家人做什麼？
2. 從圖中看來，誰跑得輕鬆？誰跑得辛苦呢？

 P7
1. 跑步完畢，你猜狐狸爸爸說什麼呢？
2. 你猜狐狸媽媽還想休息嗎？你猜她會跟狐狸爸爸說什麼？狐狸爸爸答應嗎？

P8
1. 你猜對了嗎？
2. 狐狸爸爸是搖頭還是點頭？他說什麼了？

故事　馬拉松的起源

公元前 490 年，波斯攻打希臘，戰爭在馬拉松這地方進行。

希臘人奮勇抵抗，終於把波斯軍隊打敗。

為了把勝利的消息迅速傳出去，希臘使者從馬拉松一直跑到雅典。

使者把消息帶到後就死了。為了紀念這件事，便稱長跑運動為馬拉松。

字卡

玩法

❶ 把字卡全部排列出來，伴讀者讀出字詞，請孩子選出相應的字卡。
❷ 請孩子自行選出多張字卡，讀出字詞並口頭造句。

狐狸	回家	可以
一會	搖頭	睡覺
清早	帶領	跑步
點頭	累	倒下

幼兒全語文階梯故事系列
第4級（高階篇）

《再玩一會》

©園丁文化

幼兒全語文階梯故事系列
第4級（高階篇）

《再玩一會》

©園丁文化

幼兒全語文階梯故事系列
第4級（高階篇）

《再玩一會》

©園丁文化

幼兒全語文階梯故事系列
第4級（高階篇）

《再玩一會》

©園丁文化

幼兒全語文階梯故事系列
第4級（高階篇）

《再玩一會》

©園丁文化

幼兒全語文階梯故事系列
第4級（高階篇）

《再玩一會》

©園丁文化

幼兒全語文階梯故事系列
第4級（高階篇）

《再玩一會》

©園丁文化

幼兒全語文階梯故事系列
第4級（高階篇）

《再玩一會》

©園丁文化

幼兒全語文階梯故事系列
第4級（高階篇）

《再玩一會》

©園丁文化

幼兒全語文階梯故事系列
第4級（高階篇）

《再玩一會》

©園丁文化

幼兒全語文階梯故事系列
第4級（高階篇）

《再玩一會》

©園丁文化

幼兒全語文階梯故事系列
第4級（高階篇）

《再玩一會》

©園丁文化